TRANSLATED BY:
" TITA BETH "
Aunty Beth 🙂 FEb 2003

¡Sal, Bebé!

¡Sal, Bebé!

Fran Manushkin
Ilustrado por Ron Himler

RqueR editorial
RqueR

Título original: *Baby, Come Out!*
Traducción: Humpty Dumpty
Primera edición: noviembre de 2002

Publicado por RqueR editorial, S.A.,
Cavallers, 50, 08034 Barcelona.
rqr@rqr.es

© del texto: 2002, 1972, Fran Manushkin
© de las ilustraciones: 2002, 1972, Ronald Himler

ISNB: 84-932721-2-4
Depósito legal: B-45.441-2002

Impreso en Fàbrica Gràfica, S.L.,
Arquímedes, 19, Sant Adria de Besós (Barcelona).

Impreso en España - *Printed in Spain*

Para mi madre y mi padre,
y para Marcel Perlman,
y para Ezra Jack, con amor.
F.M.

Para Fran.
R.H.

La señora Tracy llevaba un bebé en la barriga.
Lo alimentaba con mucho cuidado.

MRS TRACY HAD A BABY IN HER WOMB
SHE FED IT VERY CAREFULLY.

Para desayunar, le daba al bebé
leche, huevos pasados por agua y
riquísimas tostadas de pan con miel.

FOR BREAKFAST, SHE GAVE THE BABY MILK, POACHED
EGGS AND DELICIOUS TOAST AND HONEY.

"¿Te gusta la comida?", le preguntaba.
Y, desde lo más profundo de su interior,
Bebé decía: "Mmm".

"DO YOU LIKE THE FOOD?" SHE ASKED.
FROM DEEP INSIDE HER, BABY ANSWERED
"MMM."

Después del desayuno, la señora Tracy
iba a una habitación soleada y pintaba.

AFTER BREAKFAST, MRS TRACY WOULD GO
TO A SUNNY ROOM AND PAINT.

Sobre el papel aparecían el rojo,
el azul y todos los colores imaginables,
y les daba hermosas formas.

ON THE PAPER, RED, BLUE AND EVERY IMAGINABLE
COLOUR APPEARED, AND SHE GAVE THEM BEAUTIFUL SHAPES.

Después lo comentaba con Bebé.
"¿Te gustan tus cuadros?", le preguntaba.
Y Bebé decía: "Mmm".

AFTERWARDS, SHE DISCUSSED IT WITH BABY.
"DO YOU LIKE YOUR PAINTINGS? SHE ASKED.
AND BABY SAID "MMM..."

Los días pasaban apacibles, hasta
que un día la señora Tracy salió a
pasear con Bebé por el bosque.

THE DAYS PASSED PEACEABLY, UNTIL ONE DAY MRS
TRACEY WENT FOR A WALK WITH BABY IN THE FOREST.

"Bebé, hay un montón de florecillas
amarillas. Cuando nazcas, las
podrás ver por ti misma."

" BABY, THERE'S A TON OF YELLOW FLOWERS
HERE. WHEN YOU'RE BORN, YOU'LL BE ABLE
TO SEE THEM FOR YOURSELF "

"Yo no quiero nacer", dijo Bebé.
"¡Oh, sí! ¡Claro que tienes que nacer!",
dijo la señora Tracy.

" I DON'T WANT TO BE BORN" SAID BABY
"OH YES! OF COURSE YOU HAVE TO BE BORN! " SAID
MRS TRACEY

"Quiero quedarme exactamente donde estoy", insistió Bebé.
La señora Tracy se echó a llorar.
"¿Qué voy a hacer?", se preguntaba.

"I WANT TO STAY EXACTLY WHERE I AM" INSISTED BABY.
MRS TRACEY BURST INTO TEARS. "WHAT SHALL I DO?" SHE WONDERED.

Lo único que podía hacer era regresar a casa.

ALL SHE COULD DO WAS GO HOME.

WHEN THE CHILDREN CAME HOME FROM
SCHOOL, SHE TOLD THEM WHAT WAS
HAPPENING WITH BABY.
"WE KNOW WHAT TO DO TO GET BABY
TO COME OUT" THEY SAID.

Cuando los niños volvieron del colegio,
les contó lo que pasaba con Bebé.
"Nosotros sabemos qué hay que hacer
para que Bebé salga", dijeron.

Laura apoyó la cabeza contra la
barriga de su mamá.
"Bebé", preguntó, "¿me oyes?"
"Sí", dijo Bebé.

"¡SAL!", gritó Laura
con todas sus fuerzas.
"Buaaa", lloró Bebé. "No quiero salir.
Me has asustado."

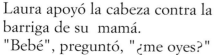

LAURA RESTED HER HEAD AGAINST HER MUM'S STOMMY.
"BABY," SHE ASKED. "CAN YOU HEAR ME?"
"YES" SAID BABY

"COME OUT!" SHOUTED LAURA WITH ALL HER MIGHT
"WAAAH!" CRIED BABY.
"I DON'T WANT TO COME OUT- YOU'VE SCARED ME"

Carlos apoyó la cabeza contra la
barriga de su mamá.
"Bebé", preguntó, "¿me oyes?"
"Sí", dijo Bebé.

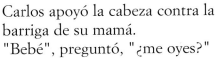
CARLOS RESTED HIS HEAD AGAINST HIS MUMMY'S TUMMY
BABY" HE ASKED. "CAN YOU HEAR ME?"
"YES" SAID BABY

"¡Sal y te daré una moneda de un euro!",
gritó Carlos.
"Buaaa", lloró Bebé. "No sé qué
es una moneda de un euro y no quiero salir."

"COME OUT AND I'LL GIVE YOU A EURO COIN" SHOUTED CARLOS
"WAAAH!" CRIED BABY. "I DON'T ~~DANT~~ KNOW WHAT
A EURO COIN IS AND I DON'T WANT TO COME OUT."

MRS TRACEY'S MOTHER APPEARED.
SHE RESTED HER HEAD AGAINST HER
DAUGHTER'S TUMMY.

Apareció la madre de la señora Tracy.
Apoyó la cabeza contra la barriga de
su hija.

"Bebé, ¿me oyes?", preguntó.
"Soy tu abuelita."
"Sí", dijo Bebé.
"Si sales, te haré un delicioso pastel
de manzana."

"BABY, CAN YOU HEAR ME?" SHE ASKED. "IT'S GRANDMA"
"YES" SAID BABY.
"IF YOU COME OUT, I'LL MAKE YOU A DELICIOUS APPLE PIE"

"Buaaa", lloró Bebé.
"Me gusta lo que como aquí, y no quiero
salir."

"WAAAH!" CRIED BABY
"I LIKE WHAT I EAT HERE, AND I DON'T
WANT TO COME OUT."

Apareció el padre de la señora Tracy.
Apoyó la cabeza contra la barriga de
su hija.

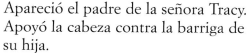

MRS TRACEY'S FATHER APPEARED. HE RESTED HIS
HEAD AGAINST HIS DAUGHTER'S TUMMY.

"Soy tu abuelo."
"Sí", dijo Bebé.
"Si sales, te daré una vuelta en mi coche."

"IT'S YOUR GRANDPA"
"YES" SAID BABY
"IF YOU COME OUT, I'LL TAKE YOU FOR A SPIN IN MY CAR."

"Buaaa", lloró Bebé.
"Me gusta dar vueltas dentro de mamá,
y no quiero salir."

"WAAAH!" CRIED BABY.
"I LIKE SPINNING AROUND INSIDE MUMMY
AND I DON'T WANT TO COME OUT"

Y Bebé se puso a dormir.

AND BABY FELL ASLEEP

"¿Qué vamos a hacer?", se preguntaban
todos. Pero ninguno tenía respuesta.

"WHAT SHALL WE DO?" THEY ALL WONDERED.
BUT NOBODY HAD AN ANSWER

Entonces llegó papá.

THEN DADDY CAME HOME.

Le dio un beso a su mujer.

HE GAVE HIS WIFE A KISS

Le dio un beso a Laura.
Le dio un beso a Carlos.

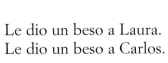

HE GAVE LAURA A KISS
HE GAVE CARLOS A KISS

Después también les dio besos
a la abuela y al abuelo.

THEN HE GAVE A KISS TO GRANDPA AND
GRANDMA TOO.

"Mmm", dijeron todos.

"MMM" EVERYBODY SAID.

"Eh, ¿qué pasa aquí?",
preguntó Bebé.
"Estoy dando besos a mi familia",
dijo papá. "Y aquí hay uno para ti."

"HEY, WHAT'S GOINGON?" ASKED BABY.
"I'M GIVING KISSES TO MY FAMILY" SAID DADDY
"AND THERE'S ONE HERE FOR YOU

Apoyó la cabeza contra la barriga de
su mujer y le dio un beso.

HE LEANED HIS HEAD AGAINST HIS WIFES
STOMACH AND GAVE IT HER A KISS

"No siento nada", dijo Bebé.
"No, todavía no", respondió papá.
"Pero lo harás cuando salgas."

"I CAN'T FEEL ANY THING" BABY SAID.
"NO, NOT YET" SAID DADDY
"BUT YOU WILL WHEN YOU COME OUT"

"¡ALLÁ VOY!", gritó Bebé.
"¡Espera! ¡Espera!", gritaron todos.

"I'M ON MY WAY!" SHOUTED BABY.
"WAIT! WAIT!" EVERYBODY SHOUTED.

El doctor Sauleda llegó a toda prisa y
ayudó a Bebé a reunirse con su familia.

DR. SAULEDA ARRIVED IN A HURRY AND
HELPED BABY TO JOIN HIS FAMILY.

"Bienvenido", dijo.   "WELCOME" HE SAID
"Mmm", pensó Bebé.   "MMM" THOUGHT BABY
"¿Dónde está mi beso?"   "WHERE'S MY KISS?"

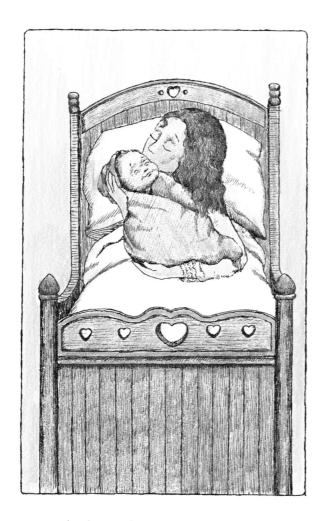

Mamá le dio un beso.

MUMMY GAVE HER A KISS.

Papá le dio un beso.

DADDY GAVE HER A KISS

Laura y Carlos le dieron un beso.

LAURA AND CARLOS GAVE HER A KISS

La abuela y el abuelo le dieron un beso.

GRANDMA AND GRANDPA GAVE HER A KISS

"Mmm", sonrió Bebé. "Me quedo
aquí para siempre."
Y se durmió en brazos de su madre.

"MMM" SMILED BABY.

"I'M STAYING HERE FOREVER."
AND HE FELL ASLEEP IN THE ARMS OF HER MOTHER

Y esta es la historia del señor y
la señora Tracy, de Laura y Carlos,
de la abuela y el abuelo, y de
Bebé.

AND THIS IS THE STORY OF
MR AND MRS TRACEY, LAURA,
CARLOS, GRANDMA, GRANDPA
AND BABY.

Que aprendió a andar y a hablar,

WHO LEARNED TO WALK AND TO TALK

y a pintar flores amarillas,

AND TO PAINT YELLOW FLOWERS

pero a la que le gustaron siempre por encima de todo los besos.

BUT WHAT SHE LIKED MOST OF ALL WERE KISSES.